Ute Krause

Mini Saurio
y la ensalada de números

Traducción de Marinella Terzi

Ute Krause

MINISAURIO

y la ensalada de números

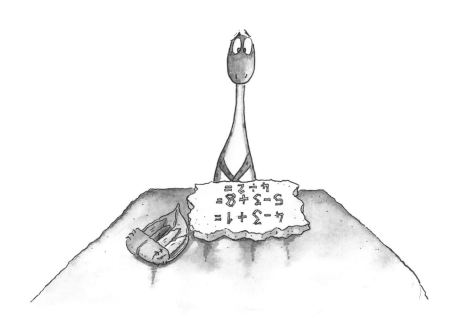

edebé

MINUS DREI #3: MINUS DREI UND DER ZAHLENSALAT
by Ute Krause
© 2014 by cbj, a division of Verlagsgruppe Random House GmbH,
München, Germany
www.randomhouse.de
Este libro ha sido negociado por Ute Körner Literary Agent,
S. L. U., Barcelona - www.uklitag.com

© Ed. Cast.: edebé, 2017
Paseo de San Juan Bosco, 62
08017 Barcelona
www.edebe.com

Atención al cliente 902 44 44 41
contacta@edebe.net

Directora de Publicaciones: Reina Duarte
Editora de Literatura: Elena Valencia
© Traducción: Marinella Terzi

Primera edición: junio 2017
ISBN 978-84-683-3260-4
Depósito Legal: B. 7515-2017
Impreso en España
Printed in Spain

Índice

Eso de contar...

Mini Saurio iba muy contento al colegio.

Le gustaba el trayecto a pie...

Le gustaba la clase, y sobre todo, le gustaba el recreo. Y lo que más le gustaba era su profesora, la señorita Helecho.

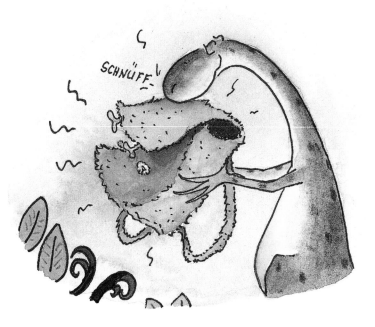

Le gustaba también el olor a moho
de su mochila…

…y su estuche
verde con lápices
de colores.

En el colegio solo había una cosa
que no le gustaba:

¡LOS DEBERES!

Los peores deberes eran los de los lunes
y los de los miércoles. Porque esos días
Mini tenía matemáticas.

Hacer matemáticas en el colegio era malo.
Pero hacer matemáticas en casa… ¡era un
horror!

El miércoles de matemáticas

Los días buenos mamá le ayudaba con los deberes de mates.

Los días malos Mini tenía que hacerlos solo.

Hoy era de los días malos porque Papá
y Mamá Saurio todavía estaban trabajando
en su tienda de verduras.
Mini miró los números. Eran
demasiados. Una auténtica
ensalada de números.

Hubiera
preferido mil
veces jugar con
Lucy. Suspiró.
No sabía contar. Y lo peor
de todo era que al día siguiente tenían que
hacer un examen con la señorita Helecho.
Se agotó solo de pensarlo.

De pronto estaba tan agotado que necesitó hacer una pausa urgentemente.

Después tendría mucha más energía, pensó Mini. Y con más energía, podría hacer los deberes en un pispás.

Un rato después, Mini ya había
descansado suficiente. Pero de camino al
escritorio, recordó que no había acabado
el rompecabezas.

Luego pasó por delante del zoo de juguete.
Lo había montado con Lucy el día anterior,
pero faltaba todavía la jaula del gorgosaurus.
Mini la construyó.

El reloj de cuco
prehistórico tocó
las tres. Ya había
pasado una hora.
Mini suspiró.

Entretanto, ¿se habrían
hecho los deberes solos?
Mini los miró
con precaución.

Lo que se temía. Al final de la primera
cuenta seguía sin haber ningún resultado.
Y al final de las otras, tampoco.
«Ya llevo una eternidad
haciendo los deberes»,
se dijo Mini.

Entonces vino Lucy. Quería jugar con
Mini. Lucy era su mascota. Papá Saurio
la había encontrado en una tienda y se la
había regalado a Mini por sorpresa.
Desde entonces eran grandes amigos.
Normalmente, Mini se alegraba mucho de que
apareciera Lucy y le gustaba jugar con ella.
Pero ese día no se alegró.

¡Si no fuera por aquellos estúpidos deberes!

No había manera.

Leyó: «9 + 5 =...».

Lucy le dio una patada a la goma de borrar
y esta pasó entre el 9 y el 5.

Mini miró al techo y pensó durante mucho rato.

—Tiene que ser más o menos...13 —decidió.

Lucy entrenaba el salto con pértiga.
—¡Devuélveme enseguida el lápiz! —gritó
Mini nervioso.
Escribió el resultado en la pizarra. Una cuenta
hecha, la cosa empezaba a funcionar.
Mini no se dio cuenta de que Lucy
había desaparecido.

Mini cae en la cuenta

De pronto oyó unos ruidos que venían
de la cocina. «¿Habrá llegado ya mamá?»,
pensó Mini con alivio.

Seguro que la convencía para que le ayudara
a resolver las pocas cuentas que quedaban.
—¿Mamá? —gritó Mini—. ¿Papá?
Pero no contestó nadie. Se aproximó a la
cocina con cuidado y espió por la puerta.

La puerta del armario estaba abierta y el mueble, completamente vacío. Todo lo de dentro estaba tirado por el suelo: zanahorias prehistóricas, coles prehistóricas, pepinos prehistóricos, salchichas prehistóricas, aceitunas prehistóricas, lechugas prehistóricas, dátiles prehistóricos y cocos prehistóricos. ¡Vaya lío!

En medio estaba Lucy.

—¿A qué viene esto? —preguntó Mini horrorizado—. ¡Recógelo todo enseguida!

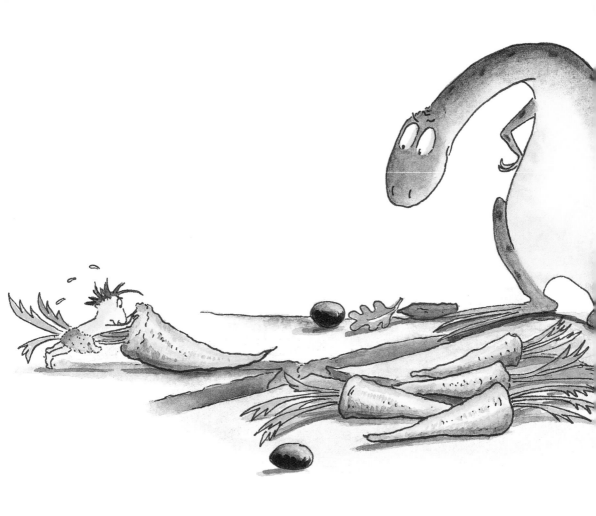

Pero Lucy hizo algo muy distinto.

Colocó las zanahorias en un montón.

Y al lado puso las aceitunas.

Señaló los dos montones y los puso juntos.
Luego miró a Mini. Mini miró los montones,
pero no entendía nada.

De pronto, cuando ya llevaba un rato
mirando los montones, cayó en la cuenta.
Por fin comprendió lo que le estaba
diciendo su mascota.

—¿5 zanahorias
más 9 aceitunas? —dijo.

Lucy asintió.

Mini contó las aceitunas
y las zanahorias juntas.

—14 —dijo. Para comprobarlo,
las contó de nuevo—. 14 otra vez.

Fue a buscar la pizarra, borró
el 13 y puso encima un 14.

—Vaya, Lucy —dijo Mini—.
Te mereces un premio.

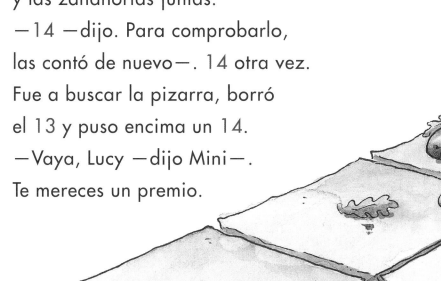

Lucy tomó una aceituna y se la comió.

En cuanto desapareció, se comió

una segunda y luego una tercera.

Mini empezó a sorprenderse.

Lucy le señaló la cuenta siguiente.

Allí ponía:

14 − 6 =

—¡Ah, ya! —Mini lo había entendido.

Lucy le pasó la cuarta aceituna.
Estaba muy buena. Mini tenía apetito y
enseguida se comió las dos últimas aceitunas.
Masticando contento, contó el resto y escribió
la respuesta en la pizarra: ¡8!

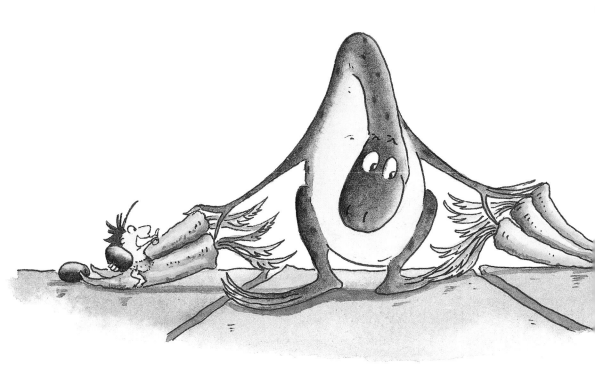

—Ahora hay que dividir entre dos —dijo y a él mismo se le ocurrió una idea...

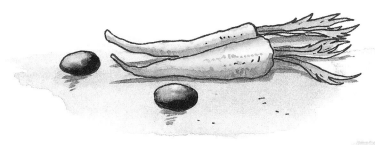

En realidad, contar no era tan difícil, pensó.
Incluso, tenía más hambre.

Y le dio por pensar que al dividir a lo mejor
también tenía que comerse uno de los montones…

Bastantes invitados

En ese momento su amigo Flint metió la cabeza por la ventana. Había traído a su mascota Gorgo. A Gorgo le gustó ver aquel jaleo.

—¡Hola, Mini! —dijo Flint—. ¿Qué pasa aquí?

—¡Hola, Flint! —dijo Mini—. Estamos haciendo los deberes. De matemáticas.

Flint miró la montaña de comida.

Estaba hambriento.

—¿Puedo ayudaros? —preguntó.

—Claro —dijo Mini—. Puedes resolver
la siguiente cuenta.

Era 20 – 14.

Gorgo también ayudó a contar.

Juntos encontraron pronto
la respuesta: 6.

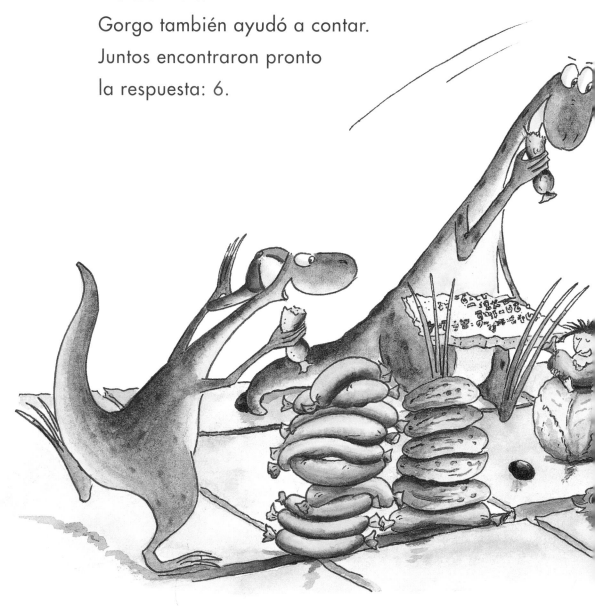

Gorgo quiso hacer enseguida otra cuenta
de Mini, pero ahora era una multiplicación.

—¿Podemos comérnoslos? —preguntó
Flint.

—Estos no. No en una multiplicación —dijo
Mini—. Venga, tenemos que hacer
tres montones de siete.

Lucy tuvo que esforzarse mucho, para evitar
que Gorgo participara en la cuenta.

¡Entonces llegó el siguiente invitado! Minette,
la amiga de Mini, que traía a su ave
prehistórica.

—¿Estáis de pícnic? —preguntó sorprendida.
—No, estamos haciendo cuentas —dijo Mini.

—¡Oh! —gritó Minette—. Nosotros en casa contamos de otra manera.

—¡De verdad! —Mini le fue a mostrar la multiplicación.

Pero había desaparecido. Gorgo eructó disimuladamente y Flint se frotó la barriga.

—¿Puedo participar? —preguntó Minette
con curiosidad.
Matemáticas era su asignatura preferida.
Resolvieron tres cuentas seguidas.

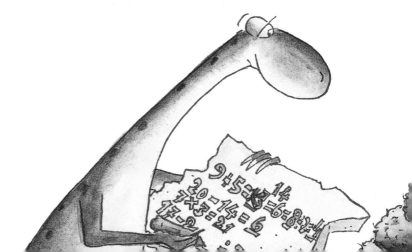

El ave Caliza también ayudó.
Le gustaban las nueces de todos los tamaños.
A Lucy le gustaban las aves prehistóricas
de todos los tamaños.
Gorgo era el único al que el ave le daba
un poco de miedo.

Poco antes de las tres y media llamaron
a la puerta. ¿Más visitas? En la cocina
ya estaban bastante estrechos. Pero
todos querían participar en las cuentas.
Estalactita, el triceratops, también ayudó.

Cuando todos los deberes estuvieron
terminados, los amigos se fueron
contentos a casa.

Lucy los despedía con la mano.
Pero Mini estaba mareado
y se frotaba la tripa.
¿Habría hecho
demasiadas
cuentas?

Pronto llegó Mamá Saurio del trabajo.
—¡Esto no puede ser verdad! —gritó—.
¿Qué es lo que habéis hecho?
Y eso que Mini y Lucy ya lo habían
ordenado todo.

Pero, claro, el armario ya no estaba tan lleno.

—Hemos hecho los deberes —murmuró
Mini.

—¡Y qué más! —gritó mamá.
Estaba realmente enfadada.

Por si acaso, Lucy se tapó
las orejas.

Mamá los castigó a los dos
a la cama sin cenar.
Y, curiosamente, a ellos
les pareció estupendo.

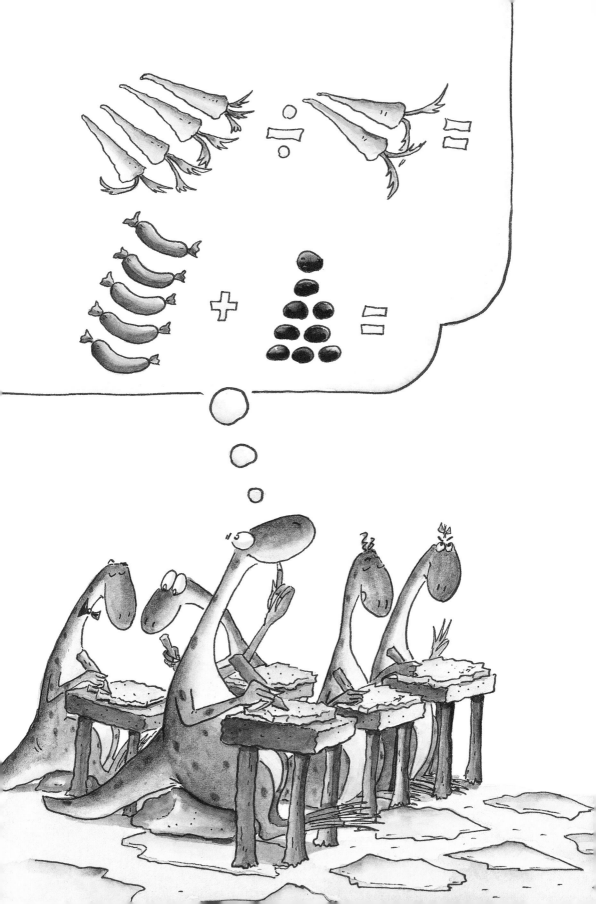

El examen de cálculo

A la mañana siguiente, llegó la hora del examen de cálculo. Al principio, Mini estaba nervioso. Pero de pronto algo hizo «¡pling!» en su interior y recordó las salchichas, las aceitunas y las zanahorias del armario de la cocina. A partir de ese momento, pudo resolver todas las cuentas.

Al día siguiente, les dieron las notas del examen. Mini estaba muy nervioso. Cuando le tocó su turno, la señorita Helecho lo miró con emoción.

—¡Bravo, Mini! —dijo—. Lo has hecho muy bien. ¡No tienes ni un error!

Mini se puso muy contento.

A la salida del colegio, y silbando muy
alegre, Mini se fue a la tienda de sus padres
y les mostró el examen.

—¡Vaya! —gritó papá—. ¡Es magnífico!
¿Tanto has trabajado?

—Sí, con Lucy —respondió Mini—.
En la cocina.

A la hora de la cena, Mini explicó cómo le había ayudado Lucy.

—Y yo no te creí —dijo mamá—. Lo siento mucho, Mini.

—¡Asombroso! —dijo Papá Saurio—. No sabía que los cavernícolas fueran capaces de hacer cuentas.

—Son listos —dijo Mini—. Mucho más
de lo que vosotros creéis.

Más tarde, en su cuarto (con Lucy, tumbada
en su cáscara de coco, y Mini, en la cama),
Mini le dijo a Lucy:

—Una cosa, Lucy, mañana tenemos que
prepararnos para un dictado. ¿Tienes idea
de cómo hacerlo?

Lucy se levantó de un salto y corrió a la
puerta. Mini la siguió. ¿Adónde iría? Lucy
corrió a la cocina. Señaló el armario. Mini
movió la cabeza.

—No, Lucy —dijo—. No deberíamos volver
a hacerlo.

Pero Lucy siguió señalando el armario
con insistencia.

Mini suspiró y abrió la puerta finalmente.

Lucy se coló dentro y sacó zanahorias,
salchichas, pepinos, dátiles y seis aceitunas.
Los puso en el suelo de la cocina y empezó
a hacer dibujos con ellos.
Mini la miraba y no entendía nada.
Un rato después, Lucy había terminado. Y en
el interior de Mini volvió a sonar un «¡pling!».

¡Porque Lucy había tenido
de nuevo una idea brillante!

Ute Krause nació en 1960, y pasó su infancia en Turquía, Nigeria, India y Estados Unidos. Estudió Comunicación Audiovisual en Berlín, y Cine y Televisión en Múnich. Es una escritora e ilustradora reconocida. Sus álbumes y libros infantiles se han traducido a numerosos idiomas y han sido adaptados para la televisión. Ute Krause ha recibido varios premios, entre ellos el de la Fundación Buchkunst, y ha sido nominada para el Premio Alemán de Literatura Juvenil.

Ute Krause

Mini Saurio

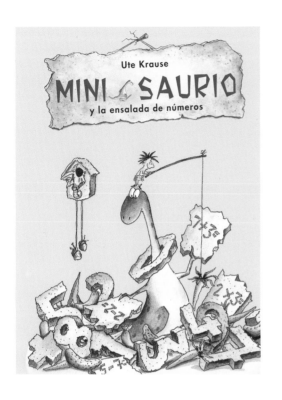

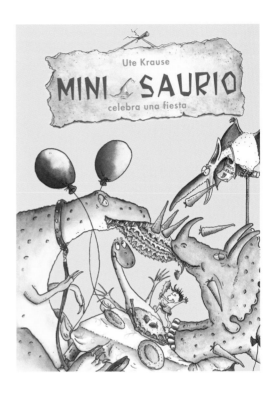